Birdie – ein besonderer Golfball.

Günther Haubold

Birdie – ein besonderer Golfball.

Golfgeschichten aus der Sicht eines Golfballes.

Bibliografische Information der Deutschen Nationalbibliothek
Die Deutsche Nationalbibliothek verzeichnet diese Publikation in der
Deutschen Nationalbibliografie; detaillierte bibliografische Daten sind im
Internet über http://dnb.d-nb.de abrufbar.

© 2012 Günther Haubold
Satz, Umschlaggestaltung, Herstellung und Verlag:
BoD™ – Books on Demand, Norderstedt
ISBN 978-3-8448-3660-8

Inhalt

Kapitel 1

Der Captain gibt theoretischen Unterricht

Dies ist die Geschichte eines Golfballes der nur ein Ziel hatte; er wollte ganz, ganz weit fliegen. Möglichst weiter als alle anderen Golfbälle.

Unser Golfball - wir nennen ihn Birdie - begann sein aufregendes Golfball-Leben in einem wunderschönen, kleinen, bunten Karton zusammen mit zwei anderen Golfbällen, die nicht ganz so große Pläne für die Zukunft hatten wie er.

Zunächst passierte nicht viel im Leben der drei Golfbälle, denn sie wurden mit anderen Golfbällen in einem Lagerraum auf einem Regal abgestellt und hatten dort einige langweilige Tage. Besonders Birdie dachte immer daran, dass er doch möglichst bald ganz weit durch die Luft fliegen wollte.

Nach einigen Tagen brachten Lagerarbeiter viele Körbe mit losen Golfbällen, die alle nicht in schönen Kartons verpackt waren. Die Körbe wurden alle unter die Regale gestellt, bevor die Lagerarbeiter den Raum wieder verließen.

Nun war es schlagartig mit der Ruhe und langer Weile vorbei.

Kaum waren die Golfbälle allein unter sich, da rief einer der Golfbälle aus dem Korb: „Ihr feinen Pinkel da oben in den hübschen Kartons, glaubt ja nicht, dass wir nicht auch einmal so gut aussahen und so toll verpackt waren. Doch jetzt sind wir nur noch zweite Wahl und werden wieder aufgemöbelt.

Ich werde euch erzählen, wie es uns ergangen ist, denn das ist für euch eine gute Vorbereitung auf das Leben als Golfball. Meine Kumpels nennen mich Captain. Ich bin der Anführer dieser wild zusammengewürfelten Truppe."

Birdie war schon richtig gespannt auf die Geschichten des Captain, denn dann erfuhr er bestimmt etwas darüber, wann er endlich fliegen durfte.

Der Captain liess sich nicht lange bitten und fing sofort mit seiner Geschichte an: " Glaubt ja nicht, dass ein Golfspiel nur daraus besteht, die Bälle mit dem Schläger weit zu schlagen. Die Golfspieler müssen sehr viel mehr können, wissen und beachten, und wir sind natürlich immer dabei.

Es geht schon damit los, dass die Spieler sich am Anfang einer Runde gegenseitig ihren Ball zeigen und darauf hinweisen, wie der Ball heisst und welche besondere Markierung er trägt.

Diese gegenseitige Information ist sehr wichtig, denn es kommt nicht selten vor, dass Bälle an dieselbe Stelle fliegen und dann kann es leicht zu Verwechslungen kommen.

Was habe ich mir schon für Streitereien anhören müssen, wenn ein Spieler meinte, ein anderer Spieler aus dem Flight hätte irrtümlich seinen Ball gespielt.

Da fällt mir gerade ein, den Begriff – Flight – könnt ihr noch nicht kennen. So bezeichnet man die Golfer, die zusammen eine Runde spielen. Es gibt Zweier-, Dreier- und Vierer-Flights.

So Leute, ich denke für den Moment habe ich euch genug erzählt. Morgen geht es weiter mit dem Unterricht. Eine Pause habe ich mir sicher verdient.

Birdie fand es schade, dass der Captain eine Pause machte, denn er wollte gerne alles über das Golfspiel wissen und vor allen Dingen etwas über ganz weit fliegende Golfbälle hören.

Doch er brauchte gar nicht so lange zu warten. Nachdem der Captain sich eine kurze Zeit ausgeruht hatte, fing er doch sofort wieder an zu erzählen.

„Es geht weiter Leute, denn ihr müsst noch eine ganze Menge lernen. Darum habe ich auch nur ein kurzes Nickerchen gemacht.

Begleiten wir einfach in Gedanken einen Dreier-Flight auf einer 18-Loch-Runde und ich erzähle euch, was unterwegs so alles passieren kann. Die drei Freunde Linus, Paul und Niklas haben sich zu einer Golfrunde verabredet, da das schöne Wetter wirklich ideal zum Golfen ist. Sie sind keine Anfänger mehr, sondern spielen alle schon recht gut. Linus ist auf der Runde immer etwas aufgeregt und wird schnell nervös. Niklas, der ein sehr ruhiger und ausgeglichener Spieler ist, ärgert sich häufiger über Linus, wenn dieser sich wieder mal aufregt. Paul hat nicht nur das beste Handicap sondern auch die Gabe, bei Bedarf zwischen Linus und Niklas zu vermitteln.

So unterschiedlich wie ihre Charaktere sind natürlich auch ihre Vorlieben für die unterschiedlichen Golfbälle. Linus spielt immer mit einem weißen und glänzenden Titleist-Ball. Niklas spielt dagegen nur mit Precept-Bällen, die altweiß aussehen und Paul schwört auf seinen Topflight-Ball, der so schön gelb leuchtet.

Unsere drei Freunde haben mit dem Driver, dem längsten und größten Schläger im Bag der meisten Spieler, recht weit abgeschlagen. Leider liegt nur ein Ball auf dem Fairway. Die beiden anderen Bälle müssen im Rough gesucht werden und das ist manchmal zeitraubend, da das Gras des Roughs höher ist oder das Rough aus einem undurchsichtigen Grasgemenge besteht.

Nach kurzem Suchen wird der erste Ball im Rough gefunden. Der zweite Ball ist trotz längeren Suchens aller drei Spieler nicht auffindbar. Das ist eine dumme Situation, denn bei regelkonformen Verhalten der beiden Spieler, deren Bälle vielleicht verloren sein konnten, hätten diese aus Sicherheitsgründen einen sogenannten provisorischen Ball hinterher spielen müssen. Da dies nicht geschehen ist, muß der Spieler dessen Ball nicht gefunden wurde, zurückgehen zum Abschlag und einen zweiten Ball spielen.

Ihr seht also, das Golfspiel ist sehr interessant. Unsere drei Spieler haben erst einen einzigen Schlag ausgeführt und schon ist die Golfwelt voller Probleme.

Die beiden Spieler, deren Bälle gefunden wurden, spielen mit dem zweiten Schlag weiter. Der Spieler, dessen Ball sich so gut versteckt hatte, dass er ihn nicht finden konnte, spielt mit dem dritten Schlag weiter. Daraus könnt ihr lernen, dass sich ein Spieler, der seinen Ball auf einer Runde verliert, einen Strafschlag anrechnen lassen muß.

Ihr seht wie wichtig wir sind, denn ohne uns läuft beim Golfen gar nichts."

Birdie hat aufmerksam zugehört und sich gemerkt, was der Captain erzählt hat. Eines weiß er jetzt schon ganz genau; er möchte von einem sehr guten Golfer immer ganz, ganz weit und gerade geschlagen werden, so dass er möglichst im Rückenwind 5 bis 7 Sekunden hoch durch die Luft segelt und auf dem Fairway landet, damit alle sehen können, der Birdie ist wieder am weitesten geflogen.

Wenn es doch nur schon so weit wäre, dachte er.

Der Captain fuhr fort, seine Geschichte von den drei Freunden zu erzählen.

„Die Stimmung bei den Dreien war sehr unterschiedlich. Niklas hatte seinen zweiten Schlag schon in die Nähe des Grüns der Par-4-Bahn gespielt und war natürlich sehr zufrieden . Linus, der ewig Aufgeregte, hatte seinen zweiten Schlag fürchterlich versemmelt. Wie er meinte, nur weil Paul husten musste. Längere Zeit fluchte er noch über die Ablenkung. Paul hingegen war ganz entspannt, denn er hatte seinen zweiten Abschlag, also wegen des Ballverlustes den dritten insgesamt, auf die Mitte des Fairways gespielt und lag jetzt mit seinem Ball nach dem vierten Schlag schon auf dem Grün.

Nachdem alle drei Bälle auf dem Grün lagen, holten die Freunde ihren Putter aus dem Bag um einzulochen. Aber auch hier auf dem Grün lief längst nicht alles glatt. Niklas war angeblich durch die Puttlinie von Linus gelaufen. Das ist die gedachte Linie auf der ein Golfball die besten Chancen hat, direkt ohne Zwischenstopp ins Loch zu rollen. Andererseits hatte der nervöse Linus für Paul, der mit seinem Ball sehr weit weg vom Loch lag, die Fahne nicht richtig bedient; also die Fahne nicht so über das Loch gehalten, dass Paul die richtige Richtung für seinen Ball anpeilen konnte. Nach langem Diskutieren wurden endlich die Scores – so nennt man die Anzahl der benötigten Schläge – auf den Scorekarten notiert und es konnte weitergehen zum nächsten Loch."

Birdie war jetzt doch etwas überrascht, dass es außer – ganz weit fliegen – noch eine Reihe anderer Dinge gab, die man als Golfball im Zusammenwirken mit dem Spieler beherrschen sollte.

Beim Chippen möglichst dicht an die Fahne rollen, beim Pitchen so dicht wie möglich an der Fahne aufkommen und liegen bleiben und beim Putten natürlich ruhig und sauber ins Loch rollen, was mit einem schwindelerregenden Spin auch bei Chipp-Pitch gelingen kann.

Birdie nahm sich zwar vor, die Aufgaben von denen der Captain gesprochen hatte, alle gut zu erledigen. Doch sein größter Wunsch war auch jetzt immer noch, ganz, ganz weit zu fliegen.

Kapitel 2

Birdies Wunsch geht in Erfüllung.

Der Captain wollte jetzt doch schlafen und danach weiter-erzählen. Birdie konnte nicht schlafen, denn er war viel zu aufgeregt. Ihm gingen so viele Dinge durch den Kopf. Wenn er doch schon auf einem Golfplatz wäre und zeigen könnte was er alles kann.

Irgendwann muß Birdie doch noch eingeschlafen sein, denn er wurde wach und merkte, dass er mit seinen beiden Karton-nachbarn von dem Lagerraum im Keller weggetragen wurde. Leider ging es nicht direkt auf den Golfplatz, wie Birdie es sich gewünscht hatte, sondern in ein Büro auf einen großen Tisch wo neben den wunderschön verpackten Topflite- Bällen noch viele andere für ein Golfturnier wichtige Dinge bereitgelegt wa-ren. Eine große Anzahl Bleistifte, damit die Spieler ihre Schläge auf der Scorekarte eintragen können. Die Scorekarte erhält je-der Spieler von der Turnierleitung ausgehändigt. Der Name des Spielers, sein persönliches Handicap und seine Vorgaben für jedes einzelne Loch sind auf der Scorekarte schon ausgedruckt. Weiter lagen auf dem Tisch noch Pitchgabeln. Damit werden von den Spielern die Pitchmarken auf dem Grün ausgebessert. Pitchmarken entstehen bei weiten und hohen Annäherungen dadurch, dass der Ball durch die Wucht des Aufpralls eine kleine Delle auf dem Grün hinterlässt.

Auch an Ballmarker, die ebenfalls auf dem Tisch lagen, hat-ten die Turnierveranstalter gedacht. Ballmarker werden vorü-bergehend, sozusagen als Platzhalter für den Golfball auf das Grün gelegt, damit Flightpartner, die aufgrund der Position ihres Balles zuerst putten, nicht behindert werden.

Birdie war seinem ersten Turnier auf einem richtigen Golfplatz jetzt schon ein gutes Stück näher gekommen. Er musste sich noch zwei Tage gedulden und dann würde es losgehen.

Er war am Dienstag, vom Lagerraum kommend, auf dem großen Tisch im Büro gelandet. Das Turnier – sein erstes – wird am Donnerstag um 8.00 Uhr beginnen .

Endlich war es soweit; es war Donnerstag und das Turnier konnte beginnen. Im Büro der Turnierleitung entwickelte sich eine hektische Aktivität. Die Spieler kamen nach und nach herein und holten sich ihre vorbereiteten Scorekarten, Bälle, Pitchgabeln, Ballmarker und Bleistifte ab.

Als der Karton, in dem Birdie mit seinen beiden Topflite-Kumpeln schon aufgeregt wartete, einem Spieler übergeben wurde, hörte er, dass der Spieler mit Lucas angesprochen wurde und man ihn weit vorn erwartete, da er in diesem Jahr bisher schon sehr gut gespielt hatte.

Na also, dachte Birdie, wir beide passen gut zusammen.

Zunächst wurde Birdie mit den anderen Dingen im Bag verstaut, denn Lucas wollte sich noch auf der Driving-Range und dem Putting Grün für das Turnier einspielen. Auf der Driving – Range musste Birdie immer noch warten und Geduld haben, denn hier schlug Lucas natürlich Rangebälle vom Tee und vom Rasen.

Die Rangebälle haben lange nicht die Qualität der guten Markenbälle, da sie viel häufiger gespielt werden und immer wieder durch die Ballwaschmaschine müssen. Die guten Markenbälle bestehen aus zwei Teilen, haben unterschiedliche Komponenten und verschiedene für die guten Spieler wichtige Eigenschaften. Zum Einschlagen auf der Range vor einer Runde oder zum Trainieren reicht die Qualität der Rangebälle auf jeden Fall aus. Als routinierter und guter Golfer baute Lucas die Einspielvorbereitung systematisch auf . Er begann mit kurzen Schlägen und entsprechenden kurzen Eisen und steigerte die Länge seiner Schläge über die längeren Eisen bis hin zu den Hölzern. Ganz zum Schluß schlug er auch noch einige Bälle mit dem Driver.

Offensichtlich war Lucas mit seinen Schlägen zufrieden gewesen, denn er ging ganz entspannt zum Putting-Grün und da wurde es für Birdie plötzlich wieder ganz, ganz aufregend. Lucas holte nicht nur Birdie aus dem Karton, sondern alle drei Bälle um sich einzuputten.

Birdie war natürlich froh, dass für ihn das richtige Golfball-Leben jetzt begonnen hatte. Andererseits machte er sich noch Gedanken darüber, ob Lucas nun wirklich mit ihm zusammen das Turnier spielen würde.

Zwanzig Minuten lebte Birdie noch in Angst. Dann war plötzlich alles klar. Lucas packte die beiden anderen Bälle zurück in sein Bag, brachte auf Birdie eine Markierung an und steckte Birdie in die Hosentasche. Das man die Bälle kennzeichnen muß, um Verwechslungen vorzubeugen, hatte Birdie noch gut in Erinnerung von den Erzählungen des Captain in der Lagerhalle.

Jetzt war er einfach nur noch froh, dass er endlich fliegen durfte.

Lucas ging jetzt schon zum Tee 1, um rechtzeitig da zu sein und begrüßte dann am Abschlag seine Flight-Partner Kevin und Tom, die auch gerade eingetroffen waren. Die drei zeigten sich ihre unterschiedlich markierten Bälle und sprachen kurz darüber, dass Lucas mit seinem niedrigen Handicap 5 als erster abschlagen durfte, so wie es auch schon in der Startliste ausgewiesen war. Ballverwechslungen konnte es bei den drei Spielern nun wirklich nicht geben, denn außer der Tatsache, dass alle Bälle unterschiedliche Nummern (1, 2 und 3) hatten spielte jeder im Flight mit einer ganz besonderen Kennzeichnung. Lucas hatte ein großes L auf Birdie gemalt. Das L stand nicht nur für Lucas sondern auch für lustig, lang und lachen. Kevin hatte seinen Ball mit einem lustigen Smily versehen und Tom hatte auf seinen Ball drei Punkte angebracht, wobei der erste Punkt gerade bedeutete, der zweite Punkt weit und der dritte Punkt hoch.

Als der Starter ihren Flight zum Abschlag aufgerufen hatte, wünschten sie sich gegenseitig noch ein gutes Spiel und dann ging es endlich, endlich los.

Kapitel 3

Birdies erstes Turnier

Birdie war schon so aufgeregt, dass er gar nicht mitbekommen hatte, dass Lucas für den ersten Abschlag nicht den Driver sondern taktisch klug ein Eisen 6 gewählt hatte. Letztendlich war es ihm auch egal, denn er konnte trotzdem herrlich durch die Luft fliegen und, wie er meinte, sogar sehr schön weit mit einer gekonnten Landung auf dem Fairway. Birdie machte noch einige fröhliche Purzelbäume und war dadurch noch ein Stück weiter in Richtung Fahne gerollt. Diese erste Bahn, ein Par 4, hatte ein leichtes Dogleg mit seitlichem Wasser ohne sonstige Schwierigkeiten. Als Dogleg bezeichnet man eine Bahn mit einem Knick, die wie eine riesige Hundepfote aussieht. Trotzdem konnte man bei ungenauen Schlägen Probleme bekommen.

Birdie hatte natürlich mitbekommen, dass die Bälle von Kevin und Tom, die beide mit dem Driver abgeschlagen hatten, weiter geflogen waren. Aber wo waren die Bälle gelandet?

Der Ball von Kevin lag unglücklich am Rand eines Wassergrabens und der Ball von Tom lag nicht weit entfernt davon unter einem Busch.

Die Spieler gingen zu ihren Bällen und Birdie war schon richtig gespannt, was Lucas jetzt machen würde. Birdie musste nicht lange warten, denn Lucas spielte zuerst, da er am weitesten zurück lag. Er nahm sein Fairway-Holz 5 aus dem Bag und schwang es so elegant und kraftvoll zugleich, dass Birdie schon dachte er fliegt und fliegt und kommt gar nicht wieder runter. Aber er kam wieder runter. Lucas hatte Birdies Flugkurve sehr gut berechnet, denn er landete nicht nur sehr schön auf dem Grün, sondern rollte auch noch fast bis zur Fahne.

Lucas war mit dem Ergebnis sehr zufrieden. Er lag auf diesem nur etwas schwierigen Par 4 mit dem zweiten Schlag in der Nähe der Fahne und hatte taktisch klug gespielt.

Kevin und Tom hatten zunächst nur kurze Befreiungsschläge durchführen können und ihre Bälle lagen nun nach dem dritten Schlag erst in der Nähe des Grüns. Die Ausgangslage war also wesentlich schlechter als bei Birdie und Lucas. Da aber Kevin und Tom routinierte Golfer sind, gelang es Beiden mit einer guten Annäherung und einem sicheren Putt noch ein Bogey – in diesem Fall 5 Schläge – zu retten.

Nachdem Lucas Birdie wieder auf das Grün vor seinen Ballmarker gelegt und diesen dann entfernt hatte, brauchte er Birdie nur noch kurz anzuticken und Birdie rollte mit großer Begeisterung ins Loch. Gleichzeitig machte er seinem Namen alle Ehre, denn es war für Lucas der dritte Schlag und damit ein Birdie.

Birdie war begeistert und dachte, so kann es weitergehen. Es machte ihm noch viel mehr Spaß als er sich erträumt hatte. Lucas hatte ähnliche Gedanken, obwohl er genau wusste, dass die noch ausstehenden Löcher erst einmal gut gespielt werden mussten.

Da konnte es mentale oder körperliche Einbrüche geben. Das Wetter konnte schlechter werden. Lucas mochte nicht gern bei Regen spielen, denn dann gerieten Ball und Schläger schnell außer Kontrolle.

Der Start zumindest hätte für Lucas und Birdie nicht besser ausfallen können. Deshalb ging Lucas zusammen mit Kevin und Tom auch ganz entspannt zum zweiten Abschlag; einem langen Par 3 mit Wasserhindernis.

Kapitel 4

Bahn 2 und 3

Lucas überlegte nicht lange, denn er kannte die Längen, die er mit den unterschiedlichen Schlägern erreichen konnte. Er holte sein Eisen 5 aus dem Bag und ließ Birdie schnurgerade durch die Luft auf das Grün fliegen. Birdie wäre zu gerne noch etwas näher an die Fahne gerollt. Doch der Schwung den Lucas ihm mitgegeben hatte reichte bei dem starken Gegenwind nicht mehr, denn der Schlag war einfach zu hoch angesetzt und so musste Birdie auf dem relativ großen Grün etwa zehn Meter vor der Fahne liegen bleiben.

Kevin und Tom hatten sich beide für die andere Variante entschieden. Sie hatten ihre Bälle vor dem Wasserhindernis aufkommen lassen und wollten diese jetzt mit einem kontrollierten Pitch möglichst dicht an die Fahne bringen. Tom gelang das Vorhaben recht gut während der Ball von Kevin über das Grün hinausrollte. Mit einer guten Annäherung konnte Kevin gerade noch ein Bogey retten. Lucas schaffte mit Birdie, der sich ganz viel Mühe gab geradeaus ins Loch zu rollen, tatsächlich trotz der zehn Meter Entfernung erneut ein Birdie und Tom erreichte für sich das angestrebte Par.

Nachdem etwas abseits, um den nachfolgenden Flight nicht zu stören, die Ergebnisse auf den Scorekarten notiert worden waren, gingen die Spieler zügig zum nächsten Abschlag mit der Nummer 3.

Bei der dritten Bahn handelt es sich um ein schwieriges Par 5 mit vielen Bunkern und einigen Wasserhindernissen bestehend aus Gräben und zwei Teichen. Trotz der Länge der Bahn ließ

Lucas seinen Driver im Bag, denn bei diesem komplizierten Loch wollte er taktisch spielen. Birdie wäre zwar gerne wieder ganz, ganz weit geflogen, doch er war sicher, dass Lucas die richtigen Schläge machen würde. Dieser nahm sein geliebtes Eisen 5 und schon sauste Birdie herrlich durch die Luft und landete wunderbar auf dem Fairway ganz in der Nähe des zweiten Grabens. Birdie war froh, dass er nicht im Graben gelandet war, denn dann hätte er schwimmen müssen.

Kevin und Tom hatten beide mit dem Driver abgeschlagen. Ihre Bälle waren etwas weiter geflogen als Birdie, aber deren Lage war nicht optimal. Tom musste den nächsten Schlag um einen Baum herumzirkeln und Kevins Ball lag sehr dicht an einem Gebüsch. Birdie lag völlig frei auf dem Fairway und freute sich schon auf einen weiteren schönen Flug als er sah, dass Lucas, der als erster den zweiten Schlag ausführen musste, sein Fairwayholz 5 aus dem Bag nahm.

Lucas schaffte sich mit diesem zweiten Schlag eine sehr gute Ausgangsposition, denn Birdie überflog gleich drei unangenehme Wasserhindernisse und lag so günstig zum Grün, dass Lucas dieses mit dem dritten Schlag problemlos erreichen würde.

Tom gelang ein richtiger Zauberschlag, denn er zirkelte seinen Ball mit einem tollen Side-spin in einer rechts-links Kurve ganz geschickt um den Baum herum.

Auch Kevin löste das Problem mit dem Busch sehr gut. Er spielte seinen Ball einfach quer aus dem Busch heraus und konnte danach, aufgrund der guten Lage, beim nächsten Schlag wieder richtig weit vorankommen. Er hatte nach der Golfregel 13 ganz korrekt gehandelt. Die Regel besagt, der Ball muss so gespielt werden wie er liegt. Es darf nichts am Hindernis niedergedrückt, geknickt oder weggebogen werden.

Alle drei Spieler konnten das Loch zufriedenstellend abschliessen. Kevin und Tom schafften trotz ihrer Problemlagen ein Bogey und Lucas erreichte ein sicheres Par.

Birdie wäre beim dritten Schlag von Lucas gern noch etwas dichter an die Fahne gerollt, denn Lucas hatte ihn mit einem herrlichen Backspin über die Fahne fliegen und ein Stück zurückrollen lassen. Birdie grummelte es richtig im Bauch als er plötzlich rückwärts anstatt wie gewohnt vorwärts rollte. Trotzdem gab er sich große Mühe, um in das Loch Nummer 3 zu plumpsen. Aber so sehr er sich auch abmühte, es klappte einfach nicht. Deshalb brauchte Lucas zwei Putts und damit insgesamt fünf Schläge.

Kapitel 5

Bahn 4 und 5

Nachdem auch hier die Scores auf den Karten notiert waren, gingen die Flightpartner Lucas, Tom und Kevin ganz entspannt zur vierten Bahn, denn dieses sehr schön gelegene Par 4 hatten sie schon häufig mit einem Birdie abgeschlossen. Voraussetzung ist natürlich, dass der Abschlag so gut ausgeführt wird, dass man mit dem zweiten Schlag das Grün gut erreichen kann.

Als Birdie hörte, was an diesem Loch möglich ist, da nahm er sich natürlich gleich vor, ganz besonders gut zu fliegen.

Er konnte dies auch gleich unter Beweis stellen, denn Lucas hatte weiterhin die Ehre und durfte zuerst abschlagen.

Er schwang seinen Driver mit solcher Wucht und Präzision, dass Birdie wie ein Düsenjet durch die Luft flog und mit dem Wind im Rücken ganz weit vorn auf dem Fairway landete. Dort sprang er ganz vergnügt hoch, schlug einige Purzelbäume und rollte dann mit aller Kraft noch ein ganzes Stück fröhlich weiter in Richtung Fahne. Lucas wählte, wie immer an diesem Loch, für seinen zweiten Schlag sein Eisen 9 und ließ Birdie so wunderschön durch die Luft fliegen,dass dieser in der Mitte des Grüns aufkam und durch den Schwung, der ihn dahin getragen hatte, noch ein gutes Stück in Richtung Fahne rollte. Birdie war sicher, dass Lucas ein weiteres Birdie auf seiner Score-Karte notieren konnte, denn er würde schon in die richtige Richtung rollen um dann, so wie er es liebte, fröhlich in das Loch zu springen.

Tom und Kevin hatten auch nicht schlecht abgeschlagen. Sie lagen aber so weit weg von der Fahne, dass sie noch zwei

Schläge bis zum Grün benötigten und beide nur mit sehr viel Glück ein Par erreichten. Nun war Lucas an der Reihe und Birdie war sicher, er würde ihn direkt in das Loch rollen lassen. Doch es kam anders. Lucas blieb mit dem Putter etwas im Boden hängen. Birdie bekam dadurch nicht genug Schwung und blieb direkt an der Lochkante hängen und so sehr er sich auch abmühte und strampelte und obwohl er schon in das Loch hineinsehen konnte, in das er so gerne gesprungen wäre, es klappte einfach nicht. Lucas musste ihn tatsächlich noch einmal anticken und hatte damit auch ein Par gespielt genau wie Kevin und Tom. Birdie fand das gar nicht gut, denn er hatte sich doch soviel Mühe gegeben.

Das nächste Loch war ein langes Par 4 so richtig mit „ Haken und Ösen „wie Lucas meinte. Das Fairway bildet eine langge-zogene S-Kurve und ist umsäumt von Tannen.

Obwohl alle Spieler das gleiche Ergebnis erzielt hatten, durfte Lucas wieder als erster abschlagen, da er noch die sogenannte Restehre besaß, denn er hatte das letzte Loch davor gewonnen.

Birdie fand diese Regel gut und flog schon wieder, von Lu-cas' Ping- Driver angetrieben weit, weit als erster Ball aus dem Flight der Fahne mit der 4 entgegen.

Auch Tom und Kevin nahmen ihre Driver aus dem Bag und erreichten gute Weiten.

Lucas war sich nicht sicher ob Birdie auf dem Fairway oder am Waldrand gelandet war. Die Spieler gingen mit schnellen Schritten in die Richtung wo sie ihre Bälle vermuteten und waren nach einiger Zeit froh, dass sie die Bälle entdeckt hatten.

Die Bälle von Kevin und Tom lagen auf dem Fairway und Birdie lag, wie schon von Lucas vermutet, am Waldrand.

Lucas hatte Birdie ungewollt etwas Side-spin mitgegeben und so flog dieser obwohl er alles versuchte, sich dagegen zu stemmen, das letzte Stück nicht mehr geradeaus sondern ein wenig nach rechts und blieb dort liegen. Aber was war das? Lucas glaubte seinen Augen nicht zu trauen. Birdie bewegte sich! Erst ein kleines Stück in seine Richtung und dann wieder zurück. Er rief seine Freunde und alle fingen an zu lachen, denn was sie da sahen, hatten sie noch bei keinem Turnier gesehen.

Birdie war nicht nur an den Rand des Waldes geflogen sondern lag auch noch direkt vor einem Mauseloch!

Die Bewohnerin dieser kleinen Einlochwohnung war nun überhaupt nicht damit einverstanden, dass ihr Eingang plötzlich versperrt war, und versuchte ständig, das Hindernis wegzuräumen.

Da das Mauseloch etwas abschüssig lag, rollte Birdie nach jeder Schiebeaktivität wieder zurück vor den Eingang. Birdie strampelte, tobte und schimpfte mit der frechen Maus, aber es half alles nichts!

Die Flightpartner besprachen die ungewöhnliche Situation und kamen zu dem Ergebnis, dass Lucas, in Übereinstimmung mit Regel 25-I , seinen Ball am nächstmöglichen Punkt fallen lassen, also droppen sollte, um dort weiterzuspielen. Ausserdem wollten sie den Vorfall auf der Score-karte mit dem Hinweis, dass ein Regelball nach Regel 3 – 3 gespielt wurde, vermerken und mit der Turnierleitung später besprechen.

Birdie war richtig froh als Lucas ihn in die Hand nahm und wie besprochen vorschriftsmäßig fallen ließ, denn diese komische Schubserei war ihm sehr unangenehm gewesen.

Natürlich hatte Lucas den Ball vorschriftsmässig mit ausgestrecktem Arm gedroppt.

Keiner hatte sich durch den lustigen Zwischenfall aus dem Konzept bringen lassen. Sie spielten das Loch in gewohnter Routine weiter und erzielten sogar alle einträchtig ein Par.

Kapitel 6

Bahn 6 und 7

Die nächste Bahn – Loch 6- war ein Par 4 mit einer Vielzahl von tückischen Bunkern mit wenig Landeplatz zwischen den einzelnen Bunkern. Lucas, der immer noch die Restehre hatte und als erster abschlagen durfte, war klar, dass hier nicht „Kraftgolf" sondern „Filigrangolf" und Course Management gefragt war. Aus diesem Grund nahm er auch keinen Driver sondern sein Eisen 7 aus dem Bag und ließ Birdie mit einem ganz gefühlvollen Schwung auf der schmalen Zone des Fairways zwischen den Bunkern 3 und 4 landen. Birdie fand diesen Zwischenstopp sehr gut, denn er wusste ja, dass Lucas bei schwierigen Bahnen die einzelnen Schläge besonders konzentriert durchführt.

Tom und Kevin wählten beide einen längeren Schläger weil sie auf der größeren Fläche zwischen den Bunkern 4 und 5 ihre Bälle landen lassen wollten.

Beide erreichten das angepeilte Stück Fairway wie geplant. Leider hatte der Ball von Kevin einen solchen Schwung, dass er nach der Landung nicht liegenblieb sondern über die steile Kante in den Bunker hineinrollte. Nun war eine kluge Entscheidung gefordert, denn Kevins Ball lag wirklich sehr schlecht. Nachdem in Übereinstimmung mit der Regel 12-2 der Ball im Bunker eindeutig identifiziert war, konnte Kevin sich mit seinem Zähler und dem dritten Flightpartner schnell einigen.

Er erklärte den Ball für unspielbar, nahm einen Strafschlag in Kauf und begann damit, seinen Ball innerhalb von zwei Schlägerlängen regelgerecht im Bunker zu droppen. Ein hinausdroppen aus dem Bunker ist natürlich nicht zulässig. Tom und Lucas, die vor ihm schlagen mussten, da sie weiter zurück lagen, hatten ihre Bälle so geschickt weitergespielt, dass sie mit dem dritten Schlag das Grün erreichen konnten. Birdie wäre natürlich gerne noch etwas weiter geflogen . Ihm war aber mehr daran gelegen, dass Lucas ihn mit dem nächsten Schlag so dicht an die Fahne fliegen ließ, dass ein Par gesichert war.

Bei Kevin lag die Sache etwas anders. Durch den Strafschlag hatte er einen Schlag mehr als seine Flightpartner und konnte selbst bei weiteren guten Schlägen kein Par mehr erreichen. Er kam gut aus dem Bunker heraus und hatte am Ende ein Bogey gespielt. Birdie flog wie gewünscht so dicht an die Fahne, dass Lucas keine Mühe hatte ein Par zu spielen. Auch Tom war froh, ein Par erreicht zu haben.

Sie gingen zügig, um die nachfolgenden Flights nicht aufzuhalten, zur etwas entfernten Bahn 7 und vervollständigten dort erst einmal die Scorekarten. Bei der Bahn 7 handelt es sich ebenfalls um ein Par 4 mit einem grösseren Teich im Doglegbereich sowie einer schmalen ersten Landezone und unangenehmem Rough an beiden Seiten des Fairways.

Lucas hatte immer noch die Ehre wie schon bei den ersten sechs Bahnen und zog diesmal ohne zu zögern seinen wunderschönen Ping-Driver aus dem Bag. Birdie konnte sich vor Freude gar nicht wieder einkriegen, denn er wusste jetzt würde er gleich ganz, ganz weit fliegen. Tatsächlich hatte Lucas sehr gut vorgelegt. Birdie rollte noch etwas und lag dann in der Mitte des Fairways auf der Höhe des Teiches bei gut 200 Metern. Natürlich holten auch Kevin und Tom, die mit Callaway-Schlägern spielten, ihre Big Bertha aus dem Bag und schlugen ihre Bälle fast genau so weit wie Lucas. Alle lagen jetzt ungefähr auf 200 Meter.

Aufgrund der Lage der Bälle musste Kevin zuerst schlagen, danach Tom und zum Schluss würde Lucas Birdie fliegen lassen. Kevin überlegte einen Moment lang ob er Eisen 7 oder 6 nehmen sollte und entschied sich dann für das Eisen 7. Sein Ball flog und flog und flog bis er endlich hinter dem Grün etwas nach links verzogen in unübersichtlichem Gelände liegen blieb. Da Kevin selbst und auch seine Mitspieler den Verdacht hatten, dass der Ball im Aus gelandet war, schlug er nach Ankündigung einen provisorischen Ball hinterher. Diesmal ging alles gut und der Ball lag in der Mitte des Fairways in der Nähe der beiden letzten Bunker 50 m vor dem Grün in aussichtsreicher Lage. Tom schlug seinen Ball in eine ähnliche Position und Lucas ließ Birdie wieder einmal mit dem Eisen 6 so herrlich weit geradeaus fliegen, dass er sogar auf das Grün rollte.

Gemeinsam wurde jetzt der erste Ball von Kevin gesucht. Der hatte sich wirklich gut versteckt, denn es dauerte eine ganze Zeit bis schließlich Tom den Ball von Kevin entdeckte. Die Sucherei hatte etwa drei Minuten gedauert. Lucas hatte die Uhr genau im Blick wegen der 5 Minuten-Regel. Diese Regel besagt, dass nach einem verlorenen Ball nicht länger als 5 Minuten gesucht werden darf. Da der Ball von Kevin eindeutig im Aus lag war die Sache jedoch klar. Der Ball war für ihn verloren und er bekam einen Strafschlag angerechnet.

Birdie lag ganz entspannt auf dem Grün und wartete auf seine beiden Kumpels, den Smily von Kevin und Puntito von Tom, die gleich kommen würden. Er hoffte natürlich, dass es Lucas gelingen würde, ihn mit einem einzigen Putt in das Loch rollen zu lassen. Zuerst kamen aber Tom und Kevin. Beide hatten mit dem Pitching-Wedge gut angenähert und warteten jetzt auf Lucas nachdem sie den Liegeplatz ihrer Bälle markiert und diese dann aufgenommen hatten.

Lucas hatte auch Birdies Liegeplatz markiert und säuberte Birdie von allen Seiten während er sich gleichzeitig den Weg auf dem Grün, den Birdie beim Putt zurücklegen sollte, genau ansah. Schließlich hatte er genug gesehen und liess Birdie tatsächlich mit einem wunderschönen, langen und schnurgeraden Putt in das Loch 7 rollen. Birdie machte seinem Namen also wieder alle Ehre.

Auch Tom und Kevin bereiteten ihren Putt sorgfältig vor und erzielten gute Ergebnisse. Für Kevin wurde ein Bogey und für Tom ein Par notiert.

Kapitel 7

Bahn 8 und 9

Noch zwei interessante Löcher lagen vor ihnen bis zur kleinen Pause. Danach wollten sie mit der gleichen Konzentration und Freude die zweiten neun Löcher in Angriff nehmen.

Zunächst wurde die Konzentration erst einmal für die Bahn 8 benötigt. Dieses Loch erfordert keine Länge, sondern große Genauigkeit. Bäume und Bunker verteidigen das Grün und ein langgezogener Teich macht es fast zu einer Insel.

Lucas, der weiterhin die Ehre hatte, griff ohne zu zögern zu seinem Eisen 7 und Birdie war schon wieder richtig aufgeregt, denn er wollte gerne erneut direkt auf das Grün fliegen. Sein Wunsch ging auch in Erfüllung und trotzdem war er genau wie Lucas unzufrieden. Birdie schimpfte wie ein Rohrspatz: „ Halt, halt ich will da nicht hinunter!" Aber alles schimpfen half nichts, denn er rollte auf dem etwas abschüssigen Grün langsam aber sicher direkt in einen der beiden Bunker. Birdies lustiges Gesicht mit dem schönen L für Lucas auf der Nase war jetzt ganz voll Sand. Den Sand vom Mund spukte er in den Bunker und war sicher, dass Lucas ihn später schön blank putzen würde.

Nun waren Tom und Kevin an der Reihe, die beide mit kräftigen Schlägen über das Grün hinausspielten. Sie konnten aber mit guten Annäherungen aus den unterschiedlichen Lagen und gefühlvollen Putts das Par retten.

Lucas machte mit seinem Sandeisen einige Probeschwünge außerhalb des Bunkers und Birdie war ganz irritiert weil er im Bunker lag, denn er wusste noch nicht, dass Probeschwünge im Bunker nicht erlaubt sind.

Endlich kam Lucas zu ihm und beförderte ihn, ohne den Schläger vor dem Schlag aufzusetzen, mit dem Sandeisen so gekonnt auf das Grün, dass er beinahe direkt in das Loch gerollt wäre. Das war wirklich ein ganz tolles Gefühl, vom Sand geschrubbt weich und wie von Zauberhand ohne Schlägerkontakt auf das Grün zu fliegen.

Natürlich spielte auch Lucas ein Par und behielt dadurch die Ehre des ersten Abschlags auch für die Bahn 9. Wie schon bei den Bahnen vorher nahmen Lucas, Kevin und Tom auch nach dieser Bahn einen kräftigen Schluck aus ihrer mitgebrachten Trinkflasche und aßen eine Kleinigkeit wie Müsliriegel, Wurzel oder Banane.

Obwohl Birdie durch die Erzählungen des Captains in der Lagerhalle schon eine ganze Menge über die Golfregeln und Golfetikette gelernt hatte, kamen hier bei seinem ersten Turnier noch ganz viele Informationen dazu. Nach der Bahn 8 war ihm gerade wieder aufgefallen, dass die Spieler genau beobachteten wo die Flights vor ihnen und hinter ihnen sich befanden und ob sie sich selber im richtigen Tempo bewegten. Die Flights waren in einem zeitlichen Abstand von 10 Minuten gestartet und sollten diesen Abstand möglichst bis zum Loch 18 behalten. Birdie hatte auch bemerkt, dass ihr Flight sehr schön schnell spielte und es richtig Spaß machte, den vorgesehen Abstand genau einzuhalten.

Birdie war nach wie vor aufgeregt. Da es sich bei der Bahn 9 um ein schwieriges Par 5 handelte, würde Lucas ihn sicher wieder ganz weit fliegen lassen. Gefahren für die Bälle lauerten überall. Neben einem großen Fairwaybunker, Wasser und hohem Rough wartete noch ein tiefer Pottbunker vor dem gewellten 9. Grün darauf, die Bälle zu schlucken.

Als Lucas Birdie mit seinem Driver richtig schön weit fliegen ließ und Birdie auch noch in der Mitte des Fairways landete, da wurde Birdie wieder ruhiger und war sicher, dass Lucas auch dieses Loch gut spielen würde.

Auch Kevin und Tom hatten mit ihren Drivern recht gute Abschläge ausgeführt. Kevins Ball lag etwas seitlich auf dem Fairway. Der Ball von Tom war auf einer blau gekennzeichneten Fläche gelandet. Das bedeutet der Boden befindet sich in Ausbesserung weil dort eine Beschädigung vorliegt und der Spieler darf seinen Ball an der nächstmöglichen Stelle von der blau eingezäunten Fläche innerhalb einer Schlägerlänge droppen. (Regel 25) Mit ihren Fairway-Hölzern gelangen ihnen gute Transportschläge ohne besondere Vorkommnisse und nun ging es darum, wie sie das gefährliche, gut verteidigte Grün angreifen wollten.

Kevin wählte sein Eisen 9 und erreichte ganz knapp den äusseren Rand des welligen Grüns. Tom nahm sein Eisen 8 und schlug über das Grün hinaus. Birdie landete als einziger

Ball in aussichtsreicher Position auf dem Grün. Lucas hatte mit dem Pitching-Wedge wirklich gut getroffen. Er machte sich auch gleich daran, seine und noch zwei weitere Pitchmarken zu beseitigen. Leider kommt es immer wieder vor, dass Spieler ihre Pitchmarken nicht beseitigen. Das ist nicht nur ein Ärgernis für die Greenkeeper sondern auch für die nachfolgenden Flights.

Kevin und Tom erspielten sich beide ein Bogey und Lucas und Birdie konnten sich über ein Par freuen.

Alle freuten sich auf eine kleine Pause mit Obst und Erfrischungen, die beim Clubhaus bereitstanden.

Kapitel 8

Bahn 10 und 11

Frisch gestärkt durch die kleine Pause gingen unsere drei Freunde zügig zum Abschlag 10, denn dort wollten sie das Turnier jetzt fortsetzen.

Bei dieser Bahn, ein Par 4 mit seitlichem Wasserhindernis und vielen Bunkern, war bei präzisen Schlägen durchaus ein Birdie möglich.

Lucas hatte wieder die Ehre und schlug als erster Spieler ab. Er hatte sich entschlossen, das seitliche Wasserhindernis carry zu überspielen und hatte deshalb seinen Driver aus dem Bag genommen. Der Schlag gelang ihm sehr gut. Birdie jauchzte vor Vergnügen als er so herrlich über das Wasser flog obwohl ihm klar war, dass er keine Schwimmweste dabei hatte. Die Landung war perfekt und Lucas hatte seine Chance auf ein Birdie.

Kevin hatte die gleiche Absicht und wählte für seinen Abschlag ebenfalls den Driver. Kevin's Ball flog nicht ganz so weit wie Birdie, aber auch Kevin hatte durchaus eine Chance auf ein Birdie.

Anders verhielt es sich bei Tom. Er hatte kurz vor dem Abschlag seine Spieltaktik für dieses Loch geändert und den Driver gegen sein Wedge getauscht, um den Ball vorzulegen. Beim zweiten Schlag hatte Tom Pech. Sein Ball sprang unglücklich zur Seite und lag im Aus.

Die Folge war die Anrechnung eines Strafschlages für ihn und das Weiterspielen mit dem vierten Schlag. Endlich lag sein Ball auf dem Grün.

Kevin spielte einen sehr guten zweiten Schlag und lag aussichtsreich in der Nähe der Fahne auf dem Grün. Lucas spielte einen ähnlichen zweiten Schlag mit dem Ergebnis, dass Birdie ein ganzes Stück über die Fahne hinausrollte. Er hätte sich vor Wut sonst wo hinbeißen können, doch Lucas hatte ihm zu viel Schwung mitgegeben.

Was war das Resultat: „Lucas benötigte zwei Putts um Birdie in das Loch 10 zu befördern und Kevin benötigte nur einen Schlag." Auf ihren Scorekarten konnten sie jetzt ein Birdie für Kevin eintragen, ein Par für Lucas und ein Doppelbogey für Tom.

Wie immer gingen die drei Flightpartner zügig zum nächsten Abschlag. Das Loch 11 ist ein Par 3 und schlängelt sich an einem See entlang. Kevin hatte durch den Gewinn der Bahn 10 die Ehre und schlug als erster ab.

Er wählte die sichere Variante und schlug seinen Ball mit dem Eisen 9 vor einen der drei Bunker, die das Grün verteidigen sollen. Lucas, der als nächster abschlug, hatte sich für das gewagte direkte Anspiel entschieden. Birdie freute sich schon als Lucas sein Fairway-Holz 7 aus dem Bag holte, denn er wusste nun würde er wieder wunderschön fliegen. Birdie behielt Recht mit seiner Vermutung. Lucas war ein sehr schöner Schlag gelungen und Birdie flog und flog immer am See entlang über 160 Meter direkt auf das Grün. Birdie holte erst einmal tief Luft und freute sich, dass er gut gelandet war und auch noch in der Nähe der Fahne lag.

Tom hatte den gleichen Plan wie Lucas. Sein Ball flog auch sehr weit und landete sogar 30 Meter hinter dem Grün. Dann hatte er Pech beim Pitch zurück auf das Grün. Der Schläger verhakte sich unglücklich im Rough und der Ball landete im See.

Nun hatte Tom ein Problem. Sein Ball lag unspielbar im frontalen Wasserhindernis, er musste sich einen Strafschlag anrechnen lassen und er musste sich entscheiden mit welcher Variante er weiterspielen wollte. Bei Variante A muss er den Ersatzball vom letzten Schlagplatz aus spielen. Bei Variante B muss er den Ersatzball droppen auf der Linie Ball – Fahne und darauf achten, dass der Ball nicht näher zur Fahne liegt. (Regel 26)

Tom entschied sich für die Variante B und hatte seinen Ball nun endlich mit dem vierten Schlag auf dem Grün.

Jetzt war Kevin dran. Ihm gelang ein hervorragender Chip in die Nähe der Fahne. Der Pechvogel Tom musste noch zweimal putten und hatte damit eine ärgerliche sechs auf der Scorekarte.

Lucas lag mit Birdie weiter von der Fahne weg als Kevin mit seinem Ball. Folgerichtig musste Lucas zuerst putten und deshalb war Birdie auch schon ganz aufgeregt, denn er wollte unbedingt direkt ins Loch rollen damit Lucas auf seiner Scorekarte von seinem Zähler ein Birdie eingetragen bekam. Die Beiden schafften es tatsächlich obwohl es zunächst so aussah als ob der Putt von Lucas zu kurz geraten war. Nur weil Birdie sich sehr anstrengte, schaffte er auch noch die letzten 6 cm und plumpste sichtlich erleichtert in das Loch.

Kevin puttete als Letzter und hatte keine Mühe, seinen Ball zum sicheren Par einzulochen.

Wie gewohnt gingen unsere drei Freunde zügig zum Abschlag 12 und vervollständigten dort die Scorekarten.

Kapitel 9

Bahn 12 und 13

Wieder einmal hatte Lucas die Ehre und durfte als Erster abschlagen. Die Bahn 12 ist mit 510 Metern ein recht langes Par 5. Birdie wusste, dass er jetzt noch einmal wunderschön fliegen würde. Denn Lucas hatte seinen Driver aus dem Bag geholt mit dem er Birdie immer so schön fliegen lassen konnte.

Ihm gelang auch wirklich ein sehr schöner Schlag und Birdie rollte fast bis zur 250m – Marke.

Kevin, der aufgrund der Ergebnisse auf der Bahn 11 als Zweiter abschlagen durfte, hatte ebenfalls seinen Driver aus dem Bag genommen. Sein Abschlag war etwas kürzer geraten als der von Lucas. Der Ball lag aber sehr schön in der Mitte des Fairways und damit hatte auch Kevin, genau wie Lucas, eine gute Ausgangsbasis für den zweiten Schlag.

Tom, der an Loch 11 soviel Pech hatte, konnte mit seinem Abschlag an der Bahn 12 sehr zufrieden sein, denn sein Ball lag in der Mitte des Fairways etwa zwischen Birdie von Lucas und dem Ball von Kevin.

Wie abgesprochen nahmen sie alle ihr Eisen 5 aus dem Bag und schlugen ihre Bälle einer nach dem anderen sicher auf eine günstige Position in der Mitte des Fairways. Danach benötigten sie nur noch einen verhältnismäßig kurzen Schlag mit einem Wedge auf das Grün.

Nicht nur die Spieler waren mit dem Ergebnis sehr zufrieden, sondern auch Birdie, der erneut sehr dicht an der Fahne lag, war begeistert von den gelungenen Annäherungen der drei Freunde.

Die selbst verursachten und auch die nicht selbst verursachten Pitchmarken wurden sehr sorgfältig ausgebessert und danach das Grün von allen Seiten studiert oder gelesen, wie die Golfer sagen.

Tom und Kevin benötigten auf dem sehr großen Grün beide zwei Putts, um einzulochen und erzielten beide ein Par. Lucas erzielte erneut ein Birdie. Er hatte sehr gut geputtet und wie wir es schon kennen, half unser Birdie auf den letzten 10 cm kräftig mit und jauchzte vor Vergnügen als er mit dem vierten Schlag von Lucas in das Loch plumpste.

Lucas war selber erstaunt, dass er so konstant gut und ohne größere Fehler spielte und fing langsam an zu glauben, dass er einen ganz besonderen Ball hatte.

Der Weg von der Bahn 12 zur Bahn 13 war nicht weit. Unsere Freunde hatten den Abschlag schnell erreicht und kaum Zeit, sich ihre Strategie für dieses nicht ganz einfache Par 4 zu überlegen.

Die Reihenfolge der Abschläge war klar, denn Lucas hatte mal wieder die Ehre und seine Freunde warteten gespannt ab, wie er das Loch spielen würde. Das Grün lag hinter einem Teich und war erhöht angelegt in der Form eines Topfkuchens mit schräg abfallenden Seiten. Zwischen dem Teich und dem Grün gab es nur eine kleine Landezone und einen großen Bunker direkt am Grün. Zunächst mussten Lucas, Kevin und Tom ihre Bälle mit dem Driver so auf dem Fairway platzieren, dass sie das Gün mit dem zweiten Schlag angreifen konnten. Da Birdie trotz hopsen und springen ein kleines Stück hinter Smily und Puntito lag, musste Lucas den zweiten Schlag zuerst ausführen.

Hierfür nahm Lucas sein Eisen 5, schwang ruhig und gleichmäßig durch den Ball und Birdie konnte wieder einmal herrlich durch die Luft fliegen. Er flog sicher über den Teich und über den großen Bunker direkt auf das Grün.

Birdie wollte gerade über das tolle Ergebnis jubeln als er merkte, dass er ganz langsam anfing in Richtung Bunker, und trotz seiner Bemühungen liegen zu bleiben, unaufhaltsam bergab rollte.

Zuletzt rollte er noch über die hohe Bunkerkante und plumpste in den Sand. Dort blieb er erst einmal enttäuscht liegen. Lucas würde sich bestimmt sehr ärgern, ging es ihm durch den Kopf.

Inzwischen hatten sich auch Kevin und Tom auf ihren zweiten Schlag vorbereitet.

Aufgrund der Lage der Bälle musste Kevin vor Tom schlagen. Er nahm sein Fairwayholz 7, führte damit einen gefühlvollen Schwung aus und landete tatsächlich sicher in der kleinen

Landezone vor dem Bunker. Tom machte es wie Lucas, nahm sein Eisen 5 und schlug den Ball so gekonnt auf das Grün, dass dieser in aussichtsreicher Position ca. 1mtr. von der Fahne entfernt wirklich liegen blieb und nicht wie Birdie noch in den Bunker rollte. Kevin gelang eine gute Annäherung seines Balles. Damit hatte er die berechtigte Hoffnung, auch an diesem Loch ein Par zu erzielen. Jetzt war es Zeit für Lucas, sich um die schwierige Lage von Birdie zu kümmern.

Zunächst erklärte er seinen Ball für unspielbar und nahm dafür folgerichtig einen Strafschlag in Kauf.
Er hatte jetzt drei Möglichkeiten sinnvoll weiterzuspielen. Er konnte einen zweiten Abschlag ausführen, seinen Ball innerhalb von zwei Schlägerlängen, nicht näher zum Loch, im Bunker fallen lassen oder seinen Ball auf der verlängerten Linie zwischen der Fahne und dem Landeplatz des Balles weiter hinten im Bunker fallen lassen. (Regel 28)
Lucas entschied sich für die dritte Möglichkeit weil er sicher war, dort besser schwingen zu können. Die Richtigkeit seiner Entscheidung bestätigte er auch gleich und ließ Birdie, der sich mittlerweile von seinem Schrecken erholt hatte, mit einem wunderschönen Bunkerschlag in die Nähe der Fahne fliegen.
Nachdem Lucas zum Bogey eingelocht hatte und Kevin sein Par erzielen konnte, freute sich Tom riesig über sein Birdie.
Mit Riesenschritten und viel Elan gingen die drei Freunde von diesem interessanten Loch weiter zum nächsten Abschlag.

Kapitel 10

Bahn 14 und 15

Bei diesem Loch sind wieder einmal die Spieler im Vorteil, die sehr weit schlagen können. Die Bahn 14 ist fast 400 Meter lang mit einem beinahe rechtwinkeligen Dogleg. Außerdem wird sie auf dem längeren Teilstück von einem flachen Entwässerungsgraben durchzogen.

Tom, der die Bahn 13 gewonnen hatte, besaß jetzt die Ehre und schlug als erster Spieler ab. Im Hinblick auf die Länge der Bahn 14 griff er sich seinen Driver und landete mit dem Ball in der Nähe der 200 Meter – Marke. Das war ein guter Anfang für dieses lange Par 4.

Birdie wurde schon wieder unruhig, denn seine Freude am Fliegen war ungebrochen. Da Lucas das letzte Loch mit einem Bogey abgeschlossen hatte und Kevin ein Par erzielen konnte, durfte Birdie diesmal nur in ungewohnter Weise als Letzter durch die Luft fliegen. Das hinderte Birdie jedoch nicht daran, sehr weit zu fliegen und noch ein schönes Stück auf dem Fairway zu hopsen, zu springen und dann fröhlich lachend auszurollen. Lucas hatte natürlich auch seinen Ping – Driver aus dem Bag geholt und so schön geschwungen, dass Birdie, auch durch seine fröhliche Hopserei, deutlich weiter vorne lag als die Bälle von Kevin und Tom.

Tom, der wegen seines zuvor erzielten Birdies noch auf „Wolke Sieben „ schwebte, hatte mit seinem zweiten Schlag Pech. Sein Ball landete in einem flachen Entwässerungsgraben. Kevin blieb mit seinem zweiten Schlag sicher auf dem Fairway. Auch Lucas hatte sich mit Birdie eine gute Ausgangsbasis geschaffen, um diesen mit dem dritten Schlag auf das Grün fliegen zu lassen.

Der Ball von Tom lag nicht nur in dem flachen Wassergraben, sondern wurde dort auch noch von einem Drainagerohr behindert. Da Tom in dieser Situation keine Erleichterung in Anspruch nehmen konnte und einen Strafschlag bei Anwendung der Regel 26 nicht in Kauf nehmen wollte, spielte er den Ball geschickt mit seinem Wedge aus dem flachen Wassergraben heraus zurück auf die linke Fairwayseite.

Lucas ließ Birdie wieder herrlich fliegen und erreichte das Grün mit dem dritten Schlag. Birdie strahlte und jubelte, denn er rollte noch einen Meter an der Fahne vorbei und blieb dort, günstig zum putten, liegen.

Kevin schaffte es auch, mit dem dritten Schlag das Grün zu erreichen. Tom benötigte vier Schläge. Das war bei seiner Ausgangslage ein sehr gutes Ergebnis. Er war mit zwei Putts im Loch und spielte ein Doppel-Bogey. Kevin benötigte auch zwei Putts und freute sich über ein Bogey.

Lucas gelang erneut ein Par, denn er schaffte es, Birdie mit einem Putt in das Loch kullern zu lassen. Langsam wurde ihm die Serie unheimlich und er sah sich Birdie lange und nachdenklich an, bevor er ihn in seiner Tasche verstaute.

Nun ging es wie üblich zügig zum nächsten Abschlag auch wenn jeder noch einmal über die letzte Bahn nachdachte. Die Bahn 15 war wieder ein Par 3 mit zwei angelegten Bunkern und einem Naturbunker mit einem Gedenkstein, der darauf hinweist, dass es sich um eine historische Feuerstelle handelt.

Keiner der Flightpartner hatte bei diesem Loch ein Problem. Alle Bälle landeten direkt auf dem Grün. Birdie hatte sich wie immer viel Mühe gegeben und versucht, noch etwas näher an die Fahne heranzurollen. Doch genau wie Kevin und Tom musste auch Lucas zweimal putten. So wurde anschließend auf den Scorekarten dreimal ein Par notiert.

Kapitel 11

Bahn 16, 17 und 18

Nach den bisher eher schwierigen Löchern kann man auf diesem leicht abschüssigen Par 4 richtig Spaß haben, wenn man die linke Fairwayseite anspielt und damit den großen Naturbunker im Knick des Dogleg meidet.

Lucas, der als erster abschlagen durfte weil er erneut die Restehre hatte, wollte es genau so machen. Er wusste, dass er mit einem guten zweiten Schlag das stark hängende Grün erreichen konnte.

Birdie freute sich schon riesig auf die nächste große Flugnummer, denn er sah wie Lucas seinen geliebten Ping – Driver aus dem Bag nahm.

Birdie brauchte nicht lange zu warten. Er flog wieder einmal so herrlich lange durch die Luft, dass er nach dem fröhlichen hopsen und ausrollen die Fahnenstange mit der 16 schon sehr gut sehen konnte.

Tom und Kevin waren auch sehr gute Abschläge gelungen. Sie lagen mit ihren Bällen Puntito und Smily nur unwesentlich länger zum Loch als Lucas mit Birdie Die Annäherungen mit kurzen Eisen klappten bei Lucas und Kevin sehr gut, obwohl Birdie fand, dass Lucas ihm zuviel Schwung mitgegeben hatte, denn die Entfernung zum Loch war doch recht groß. Birdie hatte noch ohne Erfolg versucht, sich zu bremsen. Tom dagegen war sein Ball etwas über den Schläger gerutscht und neben der Bahn unter einer Bank gelandet. Da es sich hier um ein bewegliches Hemmnis handelt konnte Tom Erleichterung nach Regel 24 in Anspruch nehmen und das Hindernis für seinen Schlag wegnehmen ohne einen Strafschlag.

Nun lagen alle Bälle auf dem hängenden Grün und es musste

geschickt geputtet werden. Kevin puttete zuerst und ihm gelang endlich ein Birdie.Tom musste zweimal putten. Das ergab für ihn durch die verunglückte Annäherung ein Bogey. Wie Birdie schon festgestellt hatte, musste Lucas mit Birdie eine sehr lange Strecke bis zum Loch zurücklegen. Er hatte das Grün sehr gut gelesen und Birdie rollte, mit viel Gefühl angeschoben, schnurgerade auf das Loch zu bis er ganz kurz vor dem Loch etwas zur Seite abgelenkt wurde. Ein Sandkorn oder Ähnliches war im Weg gewesen. Birdie war traurig über dieses Missgeschick obwohl Lucas ja immerhin ein Par erreicht hatte.

Zwei Löcher waren noch zu spielen für Lucas, Kevin und Tom. Zunächst ging es wie gewohnt schnell und zügig zur Bahn 17. Nach Vervollständigung der Scorekarten wurde überlegt, wie dieses sehr schwere und lange Par 5 am sinnvollsten zu spielen ist.

Kevin durfte diesmal zuerst abschlagen, denn er hatte mit seinem Birdie das Loch 16 gewonnen. Mit dem Driver schlug er seinen Ball schwungvoll vom Tee. Doch sein Smily hatte ein wenig Side-spin mitbekommen und landete daher auf der rechten Seite der Bahn direkt auf dem Übergang zwischen Rough und Fairway.

Lucas und Tom konnten ihre Bälle, mit ihren Drivern. ziemlich gut in der Mitte des Fairways landen lassen. Birdie war überglücklich, dass er wieder so weit durch die Luft geflogen war. Außerdem lag er ganz deutlich gut 20 Meter weiter vorn als Smily und Puntito.

Als die Spieler zu ihren Bällen gingen stellte Kevin fest, dass sein Ball in einer Pfütze lag. Man war sich schnell darüber einig, dass es sich hier um zeitweiliges Wasser handelt und dafür die Regel 25 greift. Spieler und Zähler suchten den nächstgelegenen Punkt ohne Behinderung, jedoch nicht näher zur Fahne.

Von dort durfte Kevin innerhalb einer Schlägerlänge seinen Ball droppen und weiterspielen.

Lucas und Tom hatten bei ihren zweiten Schlägen keine Komplikationen zu überwinden. Alle Bälle lagen jetzt bereit für den Annäherungsschlag auf das Grün. Birdie war schon wieder ganz aufgeregt, denn er wollte sehr gerne mit Lucas zusammen noch ein weiteres Birdie erzielen. Die Aussichten hierfür waren sehr gut. Lucas hatte Birdie mit seinem Annäherungsschlag in die Nähe der Fahne befördert. Auch die Bälle von Kevin und Tom lagen nach der Annäherung aussichtsreich auf dem Grün.

Als Kevin seinen Ball tatsächlich eingelocht hatte, machte sich bei Lucas, Kevin und Tom eine unheimliche Spannung breit. Keiner sagte etwas, aber sie dachten schon daran, dass hier an diesem Loch vielleicht jeder ein Birdie spielen würde. Als es tatsächlich passiert war, löste sich die Spannung und es wurde wild und übermütig gejubelt.

Nun fehlte nur noch das letzte Loch Nummer 18. Sie waren sich als sie dorthin gingen alle stillschweigend einig, dass es kaum einen schöneren Abschluss für eine Runde als drei Birdies am vorletzten Loch geben konnte.

Das letzte Loch ist noch einmal eine richtige Herausforderung. Die langgezogene, enge Waldlichtung erfordert einen sicheren ersten Schlag vor das im Dogleg gelegene Gewässer oder einen gewagten Abschlag auf das schmale Fairway dahinter.

Kevin hatte noch die Restehre und durfte zuerst abschlagen. Er entschied sich für einen sicheren ersten Schlag mit dem Eisen 7 vor das Gewässer. Lucas und Tom wählten die gleiche Variante.

Birdie, Smily und Puntito lagen in einer Reihe vor dem Gewässer und der darüber führenden Brücke. Lucas ließ Birdie noch einmal richtig schön fliegen. Birdie war sehr glücklich weil er nun auch auf dem letzten Grün in aussichtsreicher Position zur Fahne lag. Tom erreichte mit einem sicheren zweiten Schlag ebenfalls das Grün. Als Kevin wie seine Flightpartner ebenfalls das Grün anspielen wollte, da geschah etwas Unerwartetes. Sein Ball knallte gegen das Brückengeländer und verschwand im Wald. Der Ball wurde im Wald schnell gefunden und war glücklicherweise nicht im Aus. Es handelte sich eindeutig um einen Bahnzufall im Rahmen der Regel 19 und der Ball musste gespielt werden wie er lag.

Kevin war trotz der Euphorie an Loch 17 vernünftig und spielte seinen Ball mit dem Eisen 5 nur vorsichtig zwischen zwei Bäumen hindurch zurück auf das Fairway. Von dort gelang ihm ein schöner Schlag auf das letzte ebenfalls etwas hängende Grün.

Lucas und Tom beendeten das letzte Loch und auch die Runde mit einem sicheren Par. Kevin musste aufgrund seines Ausfluges in den Wald mit einem Bogey zufrieden sein.

Insgesamt waren Lucas, Kevin und Tom mit ihrer Runde zufrieden. Sie bedankten sich gegenseitig für die faire und harmonische Runde und gingen gemeinsam zur Turnierleitung, um dort die offene Frage mit dem Mauseloch abzuklären und anschließend die noch einmal überprüften Scorekarten zu unterschreiben und abzugeben. Die Turnierleitung hatte ihnen bestätigt, dass sie sich im Zusammenhang mit dem sich bewegenden Ball vor dem Mauseloch vollkommen richtig verhalten hatten.

Sie wollten sich zur Siegerehrung rechtzeitig im Clubhaus wieder treffen. Bis dahin hatte jeder noch für sich gut 40 Minuten Zeit.

Lucas musste immerzu an seinen Ball denken, der so wunderbar für ihn geflogen war. Er wollte sich etwas Besonderes für ihn ausdenken. Birdie ging es genau so. Er musste immer an Lucas denken und daran was jetzt wohl aus ihm wird.

Nachher im Clubhaus da schlug Birdie das kleine Golfball-Herz noch einmal so richtig doll, denn Lucas hatte mit ihm zusammen tatsächlich das Turnier gewonnen.

Später als die Beiden bei Lucas in der Wohnung waren, da hatte sich Lucas schon etwas für Birdie ausgedacht. Birdie bekam einen ganz besonderen Platz in dem Setzkasten in dem Lucas sehr hübsche, geschenkte und noch nicht gespielte Golfbälle aufbewahrte, um sich immer wieder daran zu freuen. Das nächste Turnier wollte Lucas auf jeden Fall wieder mit Birdie spielen. Dann würde er Birdie für das Turnier vorübergehend wieder aus dem Setzkasten herausholen. Birdie war mit diesen Aussichten sehr zufrieden.

Er ruckelte sich an seinem Platz noch gemütlich zurecht und wurde plötzlich richtig müde.

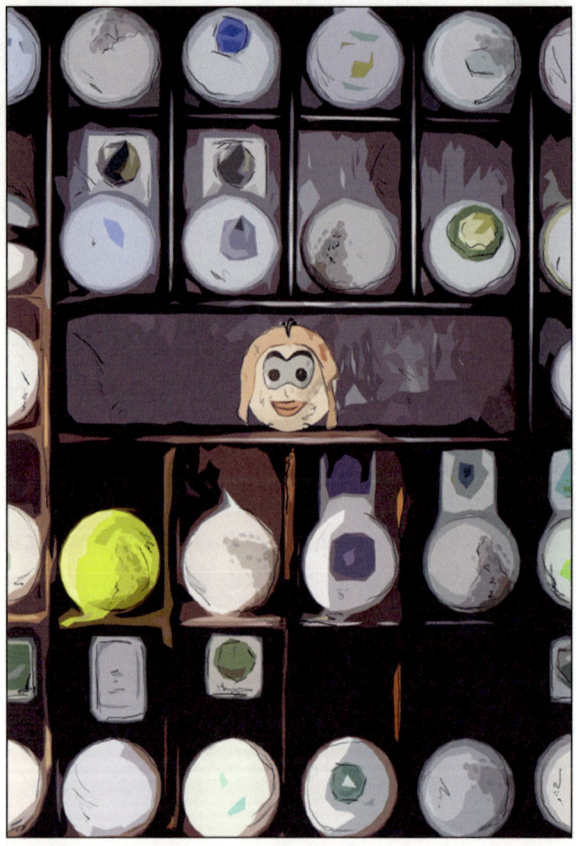

Mit dem Gedanken, dass er den anderen Bällen, die noch nie gespielt worden waren, mal erzählen wollte, was draußen auf dem Golfplatz alles passiert und wie toll so ein Turnier ist, schlief er ganz zufrieden ein.